Emilio Alvarez

El jornalero

outlook

Emilio Alvarez

El jornalero

Reimpresión del original, primera publicación en 1878.

1ª edición 2024 | ISBN: 978-3-36805-068-9

Verlag (Editorial): Outlook Verlag GmbH, Zeilweg 44, 60439 Frankfurt, Deutschland
Vertretungsberechtigt (Representante autorizado): E. Roepke, Zeilweg 44, 60439 Frankfurt, Deutschland
Druck (Imprenta): Books on Demand GmbH, In de Tarpen 42, 22848 Norderstedt, Deutschland

EL JORNALERO,

COMEDIA DE COSTUMBRES POPULARES

EN DOS ACTOS Y EN VERSO,

ORIGINAL DE

DON EMILIO ÁLVAREZ.

Estrenada en el Teatro ESPAÑOL el 23 de Diciembre de 877.

MADRID.

1878.

PERSONAJES.　　ACTORES.

MIGUELA.................... Doña Salvadora Cairon.
CÁRMEN..................... Doña Antonia Contreras.
LA SEÑÁA JUANA............ Doña Cármen Fenoquio.
EL SEÑOR ANTONIO......... D. José Valero.
CÁRLOS.................... D. Alberto Rodriguez.
DON FERNANDO............. D. Julio Parreño.
SABINO.................... D. Mariano Fernandez.
PEPE...................... D. N. Castro.
Vendedores, jorneros, vecinos.

ACTO PRIMERO.

Patio de una casa de vecindad en los barrios bajos de Madrid. En el fondo el portal de entrada, por el que se descubre la calle y las casas de enfrente, y en el cual se halla el puesto de verduras de la tia Prudencia. En el primer término de la izquierda la habitacion de Cármen á planta baja, con puerta de entrada frente á los bastidores de la derecha, y ventana con vidrios en el pequeño ángulo, que da frente al público y por la que se descubre el principio de una salita modesta y aseadamente amueblada. En el lado opuesto la habitacion de Sabino, instalada en los mismos términos que la de Cármen y con una vacía colgada sobre la puerta.

ESCENA PRIMERA.

MIGUELA, CÁRMEN, SEÑÁA JUANA, VENDEDORES.

Al levantarse el telon aparecen algunos vendedores conduciendo cada uno su respectiva hacienda, á cuyo pregon llegan varios compradores en el patio y en la calle, desapareciendo despues por el fondo.

VEND. Á cuarto la vara é cinta!
OTRO. Pepinos de Leganés!
OTRO. Heláa de chufas, horchata!
OTRO. Coloraos y dulces, eh!

Pimientos de á cuarteron!

OTRO   Quien quiée bollos!

OTRO.   Agua!

OTRO.   Miel!

(Desaparecen poco á poco.)

MIG.   (En la puerta de la habitacion de Cármen.)
¿Conque te quedas?

CARMEN.   Me quedo.

MIG.   ¿Por qué no vienes, mujer!

CARMEN. Iré luégo.

MIG.   Lo prometes?

CARMEN. Sí.

MIG.   Vengo á buscarte?

CARMEN.   Ven.

MIG.   Güeno: pero no me vengas
con andrónimas despues;
que esta noche es la verbena
del barrio, y hay que correr,
y alternar con los vecinos,
espavorizarse bien;
que al fin y al cabo está una
toa la semana, y el mes,
y el año entero, entregáa
al trabajo... y para qué?
pa agenciarse una un vestido
de percal, y mal comer;
y gracias á que una tenga
salú, que á veces tambien,
cuando no puée una valerse,
tiée que acudir al aquel
de la peseta por duro
mensual, que miste que es
ganancia, que á una la deja
como á un san Bartolomé.
Conque, que vengo por tí;
que tengo yo gusto en ser
la que te yeve y te traiga,
y te saque de una vez
de entre estas cuatro paderes
donde arrinconáa te ves;
y tóo eyo, porque tú
te has entregao al querer

por tóo lo alto; así estás tú
de espiritáa...—vamos, bien,
no lo digo á mal decir;
no te incomodes, mujer.
Conque, que vengo por tí;
y te alvierto de una vez
que no me hagas de las tuyas
cuando te yeve al café,
que quien paga aquí soy yo;
no te vayas á correr,
que tengo yo gusto en eyo,
y tengo un duro tambien
y una fina voluntá
y un cariñoso interés,
como lo mereces tú
y como yo darle sé.
Conque... que vengo por tí.

CARMEN. Hasta luégo.
MIG.   Hasta despues.
(Cármen entra en su habitacion. Miguela se diri-
ge al puesto de la señáa Juana.)

ESCENA II.

MIGUELA, SEÑÁA JUANA.

SABINO. Chis!... chis... Señora Miguela!
MIG. Qué hay de nuevo?
SABINO.   Qué ha de haber?
       que el padre...
MIG.   No quiero chismes.
SABINO. Pero...
MIG.   Que te cayes! Bien.
       (Sabino vuelve á su habitacion, desde la que ob-
       serva siempre cuanto pasa en la escena. La señáa
       Juana viene con Miguela al centro de la escena.)
       Qué hay de nuevo, señáa Juana?
JUANA. Poca cosa.
MIG.   Diga usté.
JUANA. Que el señorito pasea
       como siempre; esto no es

                 nuevo; pero hoy un señor
                 muy formal vino tambien
                 á preguntar por la chica.

MIG.   Y habló con eya?

JUANA.   Chípé.

MIG.   Pero entró en la casa?

JUANA.   No;
                 no pasó de ese dintel.
                 Así... por la filicitura
                 de la persona, ha de ser
                 endevido encopetao.

MIG.   Y no ha quedao en volver?

UANA.   Sí.

MIG.   Vamos, será el papá
                 de la criatura.
                 (Interponiéndose de pronto.) Quién?
                 Esto es lo grande! Tio posma, (Desviándole.)
                 á que le suelto un revés!
                 Bien, bien, yo ni entro ni salgo.
                 (Á la señáa Juana.)
                 Estoy dada á Lucifer!
                 Porque quiero á Cármen yo
                 muy de veras, está usté?
                 Y quien la ofenda me ofende,
                 y voy á armar un belen!...
                 Al papá le habrán contao
                 que su hijo olvida el aquel
                 de su rango, porque quiere
                 á quien no debe querer:
                 sabrá que eya es costurera,
                 él será conde ú marqués,
                 y viene á buscar á Cármen
                 para... no sé para qué.
                 Que no sepa náa el señor
                 Antonio.

SABINO.   (Como ántes.) Qué ha de saber!

MIG.   Hombre, quién le da á usté vela
                 para este entierro?
                         Bien, bien.
                 Si yo no me meto en nada.
                 Si no hace usté más que oler
                 y husmear... valiente humor!

Pues puée que te pimple!—Conque...
(Á la señáa Juana.)
Eya tíra por ahí;
la gusta lo fino.

MIG.   Pues!
Miste que Dios! Si eya ha sido
hermana de leche de
la hija de un general;
y borda, y sabe leer...
y tiene mucho de aquí,
(Señalaude la frente.)
y en fin, vale más que él.

JUANA. Verdá que vale.

MIG.   Eya tiene
un carárter de mujer
muy sentido, y si la faltan...

SABINO. Aquí estoy yo.

MIG.   Quíte usté.

JUANA. Cuenta conmigo.

MIG.   Es preciso
que esté usté á la mira.

JUANA.   Bien.

MIG. Voy á ver á la Lorenza.

SABINO. (Sigo la pita hasta ver...)

(Al salir Miguela se encuentra con D. Fernando
en la puerta del fondo. D. Fernando se dirige á
hablar á la señáa Juana. Miguela se queda observando desde un ángulo del patio. Sabino entra en
su tienda.)

ESCENA III.

MIGUELA, SEÑÁA JUANA, D. FERNANDO.

Ha venido?
           Sí señor,
la llamo?
         No: sabe usted
si está sola?

JUANA.   Sola está.

FERN. Me basta.

MIG   Parece un rey.

(La señáa Juana se une á Miguela y ambas desaparecen por el fondo.)

ESCENA IV.

CÁRMEN, D. FERNANDO.

CARMEN. Ah, señor! (Desde la puerta de su habitacion.)

FERN. Usted dispense:
vengo por última vez
á esta casa.
        Muy honrada
conque usted vuelva se ve;
y si usted gusta pasar...
Gracias, aquí estamos bien;
corta será la entrevista.
Recuerda usted cuanto ayer
hablamos?
        Sí que recuerdo;
con amistoso interés
vino usté ayer á esta casa
solicitando, mi bien:
la intencion agradecí,
la cortesía estimé.
Me habló usted de su hijo Cárlos,
de su amor, de su deber...
yo le hablé á usted de mi padre
y usted me oyó con desden.
Más aún, que era un obstáculo
á mi dicha, dijo usted,
siempre que yo no quisiera
vivir separada de él:
entre mi padre y mi amor
jamás vacilar podré;
mi padre.
        Niña, es preciso
pensarlo con madurez.
Sé cuanto á un padre se debe,
y yo soy padre tambien.
Usted se niega... bien hecho;
nada más añadiré.
Loable es el sacrificio:

usted mereció nacer
en más alta esfera.

CARLOS.   Yo...

FERN.   Oh, no hay que ofenderse. Hoy es
nuestra situacion dificil,
muy difícil... y no sé...
no sé cómo hallar un medio .
que concilie... sea usted juez:
usted ama á mi hijo Cárlos...
no hay que sonrojarse: él
tambien está enamorado,
y es natural que lo esté:
usted vale mucho.
                              Gracias.
Sin lisonja; vale usted.—
Mi hijo me habló de un modelo
de virtud, de candidez:
como padre cuidadoso
quise por mí mismo ver
si su amor exageraba...
y vine... y qué mas diré?
Yo quiero mucho á mi hijo,
es mi existencia, es mi bien,
y hoy veo que usted merece
un esposo como él.

CARLOS.   Señor...

FERN.   Salvando el decoro,
bendeciría tal vez
una union... que de otro modo,
no puede .. no puede ser.
La sociedad nos da leyes...
bien conozco que es cruel,
pero el mundo...
                              Yo... señor...
yo no pido nada.

FERN.   Pues!
La pobreza y el orgullo
siempre unidos: de una vez
imite usted mi franqueza;
la verdad puede ofender?
Hay desigualdad de clases,
porque su padre de usted...

CARLOS. Mi padre...
FERN. Será un bendito...
un modelo de honradez:
mas su porte... sus costumbres...
un menestral... ya se ve:
quién podría hoy despojarle
de sus hábitos de ayer?
Viviendo á su lado haríamos
muy ridículo papel.
CARLOS. Luégo usté ha venido...
FERN. Niña.
vine á cumplir un deber.
En la extremada ocasion
en que me hallo, fuerza es:
usted cumple el suyo siendo
hija cariñosa y fiel;
yo alejando de aquí á Cárlos
cumpliré el mio tambien.
CARIOS. Cómo?
FERN. Salgo de Madrid.
CARLOS. (Oh!) Y él tambien?
FERN. Tambien él.
La ausencia es indispensable:
de este modo lograré
poner término á un amor
que yo no puedo acoger.
CARLOS. (Dios mio!)
FERN. (Pobre muchacha!
Me inspira tanto interés
su dolor!...)—Usted le quiere...
Cuanto se puede querer...
Es una desgracia... pero...
ya usted comprende...
CARLOS. Lo sé.
Entre mi padre y mi amor,
primero mi padre.
FERN. Bien.
CARLOS. Señor, si yo le abandono,
quién cuidará su vejez?
Abandonarle?..! no, no:
podrá usted verle despues
algun dia; y aunque es fuerza

que vi vamos lejos de él,
proveeré á su subsistencia
cuanto fuere menester.

CARLOS. Cuánta generosidad!

FERN. Todo lo merece usted.
Evite usted mi partida,
que quizás no volveré:
sólo usted puede evitar
separacion tan cruel.
Pida usted consentimiento
á su padre, que yo sé
que le dará, y es muy justo:
cuando se trata del bien
de su hija...

CARLOS. No es posible...

FERN. Bien; entónces partiré,
y Cárlos vendrá conmigo.

CARLOS. ¡Dios mio!

FERN. Piénselo usted.

(D. Fernando se va por el fondo. Cármen entra en su casa. Sabino sale cautelosamente de la suya.)

ESCENA V.

SABINO, MIGUELA.

SABINO. Él se marcha pensativo,
y ella medita tambien:
pues señor, es fuerza que esto
termine ya de una vez.

(Acechando á Cármen desde la puerta de su habitacion.)

MIG. Pues! Ya el hombre se coló.

(Aparece en la puerta del fondo observando á Sabino.)

Escuche usté, don Simplicio;

(Dándole un golpe en el hombro.)

no tiène usté otro oficio
que el de husmear?

SABINO. Yo?

MIG. Usted.

SABINO. Yo?

MIG. Han untado el carro?

(Con la accion de contar dinero.)

SABINO.   ¿Á mí?

MIG.   Bien hace usté el oso.

SABIINO.   Bien?

MIG.   Á quién cela usted?

SABINO.   Á quién?

MIG.   Qué hace usted aquí?

SABINO.   Aquí?

MIG.   Se va usté á quedar conmigo?

SABINO. ¿En dónde?

MIG.   Valiente humor!
Le han hecho á usté intreventor
de esta casa, güen amigo?
Sirve usté ya de tercera?
Yo?
          Valiente ocupacion!
Lo que es usté es un falton;
pero cómo? De primera.
Miste, no vuelva usté á ir
con chismes de aquí pa ayá,
porque de una manguzá
le van á usté á dividir.

SABINO. Por mi parte...

MIG.   Ya te veo!

SABINO. Salgo... por si ocurre algo.
Pero yo ni entro ni salgo.

MIG.   Eres turco y no te creo.

SABINO. Miguela...

MIG.   Quite usté allá!

SABINO. Perdone usted...

MIG.   No hay de qué.—
Cármen! (Llamando desde la puerta.)

SABINO.   Si yo...

MIG.   Caye usté.

SABINO. (Bueno, bueno, bueno va!)
(Entraudo en su casa.)

ESCENA VI.

MIGUELA, CÁRMEN.

MIG.   Qué ha habido aquí!
(Poniéndose en jarras delante de Cármen.)

Nada ha habido.

No soy yo tu amiga?

CARMEN. Sí.

MIG. Pues vas á contarme á mí
la verdad del sucedido.
Tú has yorado.

No.

Has yorado;
y yoras aún... Por mi nombre!
Aquí ha estado á verte un hombre;
ese hombre te ha faltado?

CARMEN. Al contrario: si supieras...

MIG. Pero ese hombre quién es?

CARMEN. El padre de Cárlos.

MIG. Pues!

CARMEN. Bendice mi amor.

MIG. De veras?
Cármen, mira que te engaña.

CARMEN. Quiere casarnos.

MIG. Quedría!
Él casarte?... Cualquier dia
me larga á mí esa castaña.
Dí tú que ese hombre presume,
y quiée quedarse contigo,
y oye bien lo que te digo,
que eso es lo que me consume
No hagas tú caso de usías,
ó al que te falte en el mundo
salgo á verle, y le confundo
de una razon de las mias:
pues apuraitamente
la chica no tiée rosueyo.
Óyeme.—Digo, si en eyo
no tienes incomeniente.
Quién te quiere, Cármen?

CARMEN. Tú.

MIG. Eres tú mi amiga?

CARMEN. Yo.

MIG. Miento yo en el mundo?
No.
Pues oye, por tu sajú,
Cármen, tú faltas aquí;

te vas á compremeter:
te lo dice una mujer,
que distingue... por que sí.
Una mujer que se muere
por tí, por tu aquel senciyo;
y es honráa á machamartiyo,
y es güena... porque Dios quiere.
Que se planta en la del rey
cuando su dicho no valga;
pero cuanto de eya salga
di tú que es plata de ley.
Óyeme... y replica... y dí...
y no te ofusques, mujer;
si es verdad ese querer,
no tienes un padre? Sí.
Cuando te vé algun pesar
no está con el agua al cueyo?
Por qué no enterarle de eyo
como es justo y regular?

CARMEN. Pero...

MIG.　　　　Cármen, desconfía;
Cármen, no me pongas pero;
mira, Cármen, que te quiero
como si fuás cosa mia.
Chica, dudo, francamente.

CARMEN. Por qué?

MIG.　　　　Oye mi decir:
cuando yo tengo un sentir,
lo publico frente á frente.
Que us querís? Aunque así sea:
él nada puede perder;
quien pierde aquí es la mujer,
estás? Entiende mi idea.
Porque mi preposicion
es esta: que tú le quieres,
y él es muy rico, y tú eres
la hija de un pobreton.
Y él tendrá amores; y añide,
que al primer salto de mata,
por alguna aristocráta
es muy fácil que te olvide.
Por que el padre es un fantástico:

y el hijo... Cármen, perdona;
mas qué has visto en su persona,
si parece un escolástico?

CARMEN. Miguela!

MIG.   Te falto? Bien;
yo te he dicho esa expresion
sin maliciosa intencion;
mas ya que te ofendo, amen.

CARMEN. No me ofendes; pero ignoras
cuánto le quiero!·

MIG.   Cabal!
Viva la gracia! Haces mal.
Yoras?... Cármen, por qué yoras?
No soy tu hermana?... Perdona.
Per·› qué te falta aquí?
No tienes tú un padre, dí,
que se mira en tu persona?
Malhaya tu buen querer
si de ese modo lè das!
Á quién debes querer más
que al padre que te dió el sér?

CARMEN. Calla, por Dios!

MIG.   Cármen mia.
perdon; dije mi sentir.
Ea! Te vas á venir
ahora en mi compañía.

CARMEN. Dónde?

MIG.   Quiero convidarte.

CARMEN. Déjame.

MIG.   Quiá! No te dejo;
vaya, sigue mi consejo,
y ven á espavorizarte.

CARMEN. Mujer...

MIG.   Y convite fino;
hoy es sábado; hay de qué.
Tomaremos un café
y copa de marrasquino.

CARMEN. Pero mujer...

MIG.   Ponte el velo;
tú no puécs venir... así...
con sólo un pañuelo... á mí
me basta con el pañuelo.

2

CÁRMEN. Vamos pues.

(Entra y sale con el velo puesto.)

MIG.   Qué hermosa eres!

(Jaleándola mientras entra y sale.)

vaya un taye principal!

Olé!... Qué viva esa sal!

CARMEN. Qué loca! (Saliendo.)

MIG.   Un beso! Me quieres?

CARMEN. Miguela!

MIG.   Te quiero tanto!

CARMEN. Es cerca?

MIG.   Tú eres quien mandá.

Volveremos pronto, anda.

Hola! Aún está aquí ese avanto?

(Viendo á Sabino al salir de su casa.)

ESCENA VII.

LAS MISMAS, SABINO.

SABINO. Se va de paseo?

MIG.   Justo.

SABINO. Muy pronto va á oscurecer.

(Á Cármen con intencion.)

MIG. Mejor.

SABINO.   Se puede saber...

MIG. Caye usté, hágame usté el gusto.

SABINO. Yo acompañarlas podré.

MIG. Aónde va usté, don vacía?

Si no se dice en un dia

tóo lo feo que es usté!

Ven, Cármen.

SABINO. (Como ántes.)   Conque quedamos

en que va usted á volver

muy pronto?

MIG.   Vamos, mujer? (Alejándose.)

SABINO. (Va á venir?) (Bajo á Cármen.)

CARMEN. (Id. á Sabino.) (Silencio.)

MIG. (Casi fuera de la escena.)   Vamos?

(Se van por la derecha; empieza á oscurecer. Conviene que la luna ilumine la escena.)

ESCENA VIII.

SABINO.

Ya toco la realidad:
los casaré, no que no.
Donde pongo mano yo
nace la felicidad.
Y desconfían de mí,
y me tildan de chismoso!
Eh! los caso... y soy dichoso!
qué gozo que siento aquí!
Yo al cabo soy un vecino
honrado... y que no hay tu tia;
apuesto mi barbería
á que los caso.

ESCENA IX.

SABINO, CÁRLOS.

CARLOS. (Entrando por el fondo.) Sabino.
SABINO. Oh, señor don Cárlos, llega
usté á tiempo, señorito.
CARLOS. Está sola?
SABINO.   No está en casa:
en este instante ha salido.
No sé cómo no se ha dado
usted con ella de hocicos;
quiero decir... Ah, señor,
perdone usté el terminillo;
pero andando entre esta gente
se le pega á uno el estilo,
las maneras... vea usted, yo,
yo, que soy un hombre fino,
como lo son otros muchos,
como lo es usted mismo.
Si está en la sangre, señor;
lo que está en el individuo...
CARLOS. Volverá pronto?
SABINO.   No tarda

díez minutos... qué, ni cinco.
Se la llevó la Miguela...
pues, ya sabe usted quién digo.
La moza más arrogante
del barrio: ¡vaya un trapío!
Tosca, uraña, desenvuelta,
provocativa... buen tipo!
Honrada y buena, eso sí;
que es Miguela á un tiempo mismo
tan blanda de corazon
como dura de sentido.
Como es amiga de Cármen...
Vaya! la tiene un cariño! ..
y hoy es la fiesta del barrio,
y es sábado, y tiene trigo,
se la ha llevado al café.,
Espérela usted conmigo,
quiero decir, en mi tienda;
que en este patio maldito
no está usted bien, porque son
muy chismosos los vecinos
y en todo se meten. Toma!
y eso que yo ando muy listo
y entro y salgo más que ellos.

CARLOS. Mil gracias, amigo mio.
SABINO. No es porque usted lo agradezca;
sino que ese es mi prurito,
mi sólo afan, mi invencible
inclinacion desde niño,
el encanto de mi vida,
y en fin, es mi único vicio.
CARLOS. Yo sabré recompensar
tantos favores, Sabino.
SABINO. Silencio! el señor Antonio
llega aquí con sus amigos.
Salen del trabajo, pero
es noche de regocijo:
saldrá de casa, y en tanto
nosotros... lo dicho dicho.
Adentro; que no conviene
que le halle á usté en este sitio.)
(Entran en la barbería.)

ESCENA X.

ANTONIO, PEPE, JORNALEROS.

Esto no se puede ya
tolerarse.

ANT.   Por qué? Dilo.

PEPE.   Porque el trabajo es inmenso
y los jornales mezquinos;
y esto tiée ya que tener
un fin ú otro.

           No seas niño.
Y á mayor abundamiento,
sobre andar escaso el vino,
el pan anda por las nubes;
y si esto dura, de fijo
que no se va á hallar manera
de echar mano á un panecillo.

JORN.   Es verdad.

ANT.   Vamos callando,
que yo sé lo que me digo.
Qué sus habeis figurao
vusotros?—Oye, borrico: (á Pepe.)
el hombre... para ser hombre,
ha de ser fuerte y activo,
y ha de dar su utilidad
como cualquier indivíduo;
que delante del trabajo
tóos los hombres son lo mismo,
estás tú?—Pensais vusotros
que no trabajan los ricos?
Pus trabajan; y si á mano
viene sudan el quilo,
y acaso con más fatiga,
y en trabajos más dañinos
que quebrantan la salud,
y hasta trastornan el juicio.
Miá tú yo, pongo por caso,
y quien dice yo, el vecino:
pues yo es verdad que trabajo,
y sufro el calor y el frio,

y mal que bien como y bebo,
y aunque mal, eyo es que vivo.
Pero duermo á pierna suelta,
y á nadie en el mundo envidio,
y tengo el corazon sano
y el espíritu tranquilo,
y un brazo y una salud
que no los parte un cuchillo.

PEPE. Atento á eso que usté dice
mi parecer es distinto:
ú el hombre es hombre... ú no es hombre.
Si es hombre, debe ser rico
pa vivir sin el trabajo,
y si no lo es, por lo mismo.

ANT. Anda, que eres holgazan
y te dominan los vicios.
Imítame á mí, tendrás
mi contento y regocijo;
una casa honráa, y en ella
una hija que es mi hechizo:
y si viviera su madre...
más quién llena ese vacío?
Y miá tú que pa una hija
una madre es un arrimo
mas necesario que echar
puntales á un edificio.
Dios se la llevó, y ya
sabrá Dios lo que se hizo.
Más yo me dije á mis solas
hablando conmigo mismo:
esta niña se ha quedao
sola en el mundo conmigo;
pues á trabajar pa ella,
y á vivir pa darla mimo,
y educacion, y regalo,
y yo la educao... digo,
en mis cortas facultades
y en lo que me da el oficio;
sabe bordar y escribir...
pues y leer... vaya un pico!
Pa que quio yo más grandeza
que el trabajo y su cariño?

PEPE. Velay usté que eya un dia,
       y que no valga mi dicho,
       no salga al corresponsable
       de tóos esos beneficios.
ANT.   Calla! Si fuera capaz...
       Si un día... Eh! Qué desatino!
       Malos pensamientos tienes!
       Pues miá, no te los envidio.—
       Vamos al caso: esta noche
       es de broma, amigos mios,
       que da un baile la Lorenza,
       y yo en su nombre os convido.
UNO.   Cómo?
ANT.   Mañana es su santo.
OTRO. Es verdad.
OTRO.   Ya lo sabíamos.
ANT.   Estais todos convidados.
PEPE. Vamos á verla?
TODOS.   Ahora mismo.
ANT.   Andad.

(Entran en la habitacion de la Lorenza.)

ESCENA XI.

ANTONIO, la SEÑÁA JUANA.

ANT.   Está en casa mi hija?
JUANA. Con la Miguela ha salido
       hace poco.
ANT.   Á dónde fué?
JUANA. No sé.
ANT.   Vino el señorito?
JUANA. No.
ANT.   Buena señal; mi Cármen
       sin duda le ha despedido.
       Puede ser.
                 Vale mi Cármen!...
       Váyase de Dios bendito
       y no vuelva más.

(Sabino sale de su casa.
                 (Y este hombre?...)

(Reservadamente á la señáa Juana.)

UA NA.   Quién, ese? Sigue lo mismo.

ANT.   Cómo?

JUANA.   El otro le regala,
y yeva y trae...

ANT.   Habrá pillo!

SABINO.   (Qué miradas!) —Buenas noches.
Va usted de baile, vecino? (Con amabilidad.)
Á mí no me han convidado.

ANT   Á usted?... Y con qué motivo?
Allí son amigos todos.

SABINO.   Pues yo...

ANT.   Usted no es nuestro amigo.

SABINO.   Qué franco es usted! (Qué bruto!)
Voy adentro... con permiso.

ANT.   Vaya usté cou Dios. Mi hija
(Alzando la voz.)
es honrada... y no hay peligro...
es mi hija... y esto basta.

JUANA.   Aquí viene.

CARMEN.   Padre mio!

(Llegando por el fondo seguida de Miguela.)

ESCENA XII.

CÁRMEN, MIGUELA, JUANA, ANTONIO.

ANT.   Hija mia! No me abrazas?

CARMEN.   Padre!

ANT.   Así! Á dónde habeis ido?

MIG.   Al café; yo nubiá tomao
café con tostáa; pero hijo,
esta quiso refrescar
y hemos tomao chica y chico.

ANT.   Cómo?

MIG.   Cerveza y limon.
Sino que tengo al dediyo
los términos... soy parroquiana...

ANT.   Mi buena suerte bendigo:
teniéndote entre mis brazos
á nadie en el mundo envidio.
Estoy contento de tí,
salvo algunos disgustillos

<pre>
                        que me das...
CARMEN.   Yo...
ANT.   Picaruela!
            Estoy celoso... lo dicho;
            no quiero que nadie me hurte
            tanto asi de tu cariño,
            y mucho ménos personas
            que enamoran por oficio:
            somos pobres, la pobreza
            suele servir de ludibrio...
CARMEN. No diga usted eso, padre,
            yo sé...
                        Yo sé lo que digo:
            y si tú... más sin razon
            me exalto... yo no te riño.
            Tú eres muy buena muchacha:
            sé que no me das motivo
            de enojo, verdad?
CARMEN.   No, padre.
ANT.   Estás tú triste, cariño?
            Diviértete... como yo.
            Esta noche... ven conmigo,
            nos espera la Lorenza.
CARMEN. Iré luégo, he prometído
            á Miguela...
MIG.   Sí, tenemos
            que evacuar cierto asuntillo.
ANT.   Eso es otra cosa, bueno:
            quédate... estando contigo...
            Ya voy allá... adios, paloma.—
            Ah! Que si bebo un tragito...
            ó dos, no me reñirás?
            Ya ves... mañana es domingo...
            Adios, lucero.
</pre>

ESCENA XIII.

CARMEN, MICUELA.

<pre>
                        No vienes?
CARMEN. Despues.
MIG.   Insistes?
</pre>

CARMEN.   Insisto.
Quiero hablarle.

MIG.   Como quieras:
pero mira...
                    Ya lo he dicho.
Hoy es la última entrevista;
déjame, te lo suplico.

MIG.   Si lo mandas...
CARMEN.   Sí.
MIG.   Está bien.
Te esperaré?

CARMEN.   Lo prohibo.
Vete al baile.

MIG.   Pero...
CARMEN.   Vete.
Quiero estar sola; es preciso.
Hoy por la última vez
hablar con él necesito.

MIG.   Por la última vez?
CARMEN.   Lo dudas?
No fías en mí?

MIG.   Sí fío;
pero en vano disimulas:
bien dicen esos suspiros
que le tienes un querer
que te sale de lo íntimo.

CARMEN. Miguela, si tú miráras
lo inmenso de mi cariño,
si miráras lo que sufro,
si miráras...

MIG.   Lo que miro
es que ese hombre nos va á dar
la gran desazon del siglo.
En fin, lo mandas... me voy.

CARMEN. Yo iré á buscarte.
MIG.   Está dicho.
Adios.—(Á la fin y al postre
si está muerta por el niño...
No ha nacido afortunao
apenas ese endevido.)

ESCENA XIV.

CÁRMEN.

Óyese algazára y jaleo en el lado de la derecha. do nde se supone la casa de la Lorenza.

COPLA.   (Dentro.) «Las fatigas que se cantan
son las fatigas más grandes,
porque se cantan llorando
y las lágrimas no salen.»
CARMEN. Ellos son felices; ellos
no comprenden mi martirio.
La alegría de esas gentes
me hace daño.—Oh, Dios mio!
Perdon!... Allí está mi padre...
mi padre!...—Aquí está mi sitio.
(Entra en su casa. Breve pausa mientras se extingue poco á poco el canto y bulla de adentro.)

ESCENA XV.

SABINO, CÁRLOS.

Sabino, despues de reconocer la escena, llama á Cárlos.

Ajá! Ya es nuestro el terreno;
al asalto y á triunfar.
Dudo... hasta ahora resistió.
Pues hoy no resistirá.
Está mas blanda que un guante:
su padre de usté ademas
la habló de un modo esta tarde...
si la viera usted llorar!
CARLOS. Ángel mio!
SABINO.   Segun veo
la quiere usted mucho?
CARLOS.   Ah!
Con amor puro... infinito;
y si mi padre...
SABINO.   No hay más;

desde ahora cargo con toda
la responsabilidad.
Papá teme... y con razon:
como el padre es un adan,
y gasta chaqueta... le huye:
y tiene razom papá.
Los que gastamos levita
no podemos alternar...

CARLOS. Mas llevarla así... aunque ella
dando crédito á mi afan,
huya conmigo... mi padre
sé que la rechazará.

SABINO. Se la lleva usté á su quinta
de recreo... lo demas
corre de mi cuenta... nada!
ya ha aceptado usted mi plan.
De dos males... el menor:
queda otro medio?... No tal.
Ó perderla para siempre,
ó sorprender á papá.
Allí una vez... con mi chispa...
soy yo lo más perspicaz...
dado el primer paso... luégo
no es fácil volver atrás.

CARLOS. Si triunfa usted le prometo
cien onzas.

SABINO.   Cien onzas?... Cá!
Oro?... usted no me conoce.
Yo venderme?... Voto á san!
Yo soy pobre, pero honrado!
mi proceder es leal;
pues si quiero yo á la chica!...
y al padre le quiero más!...
Seré feliz si á los dos
les doy la felicidad.

CARLOS. Qué noble desinterés!

SABINO. Así estoy yo... ¿no es verdad?
Por eso há dos años no
me pude revalidar,
y me acostaba en ayunas
cursando latinidad.
Por eso afeito á seis cuartos

en vez de afeitar á real;
y por eso son mis galas
este viejo levisac,
más feo que el no tener,
que es la mayor fealdad.
Pero en fin, yo soy así...
conque á ella, sin vacilar!

CARLOS.   Temo...

SABINO.   Qué es temer?.. Á ella!
Y si persiste tenaz
en quedarse, cuatro frases
de aquellas que hacen temblar!—
«Ingrata, adios para siempre!—
Ah, Cárlos!—Déjame en paz!—
Espera!—Aleve... perjura,
me ha muerto tu crueldad!—
—Me dejas?—Tú lo has querido!—
¿No vas á volver?—Jamás!»—
Ella entónces dirá...—«Oh!»—
Y usted con más fuerza...—«Ah!»—
Hasta que ella diga...—«Cárlos,
»hágase tu voluntad!»

CARLOS.   Oh, lo dirá.

SABINO.   Es mujer,
y la lucha es desigual.
La mujer sabe mejor
que el hombre sentir y amar;
y tienen las pobrecitas
tanta sensibilidad!...
Se pasa el tiempo... está el coche
preparado?

CARLOS.   Si lo está.

SABINO.   Pues llamo.—Ya viene; firme!
Yo estaré alerta.

CARLOS.   Bien.

CARMEN.   Ah!
    (Abriendo la puerta.)

ESCENA XVI.

CÁRMEN, CÁRLOS, SABINO.

CARMEN.   Alma mia?—Qué! (Cármen le evit:

SABINO. (Observemos.)
(Desde la ventana de su casa.)
CARLOS. Me rechazas?
CARMEN. Es preciso.
Nuestra suerte así lo quiso;
por la última vez nos vemos.
CARLOS. Qué dices?
CARMEN. Que es menester
que usted se aleje...
CARLOS. Qué he oido?
Has olvidado?...
CARMEN. No olvido;
mas tal es nuestro deber.
CARLOS. Cármen!
CARMEN. Salga usted.
CARLOS. Jamás!
usted?... Ese usted me mata.
Que salga?... Buen pago, ingrata;
qué buen pago á mi amor das!
cuando esperaba anhelante
como premio á mi pasion,
que tu amante corazon
no vacilára un instante!
Cuando realizado ví
nuestro sueño venturoso,
cuando vengo á ser tu esposo
tú me rechazas así?
CARMEN. Mi esposo!
CARLOS. Mi padre acaba
de ofrecerme el bien que ansío.
CARMEN. Su padre de usted?... y el mio?
No tengo yo padre?
SABINO. (Desde la ventana.) (¡Brava!)
CARLOS. Tu padre sérá dichoso;
el mio nos asegura
á los tres igual ventura
cuando yo sea tu esposo.
CARMEN. Cómo?
CARLOS. Nos espera.
CARMEN. Á quién?
CARLOS. Todo está dispuesto.
CARMEN. Pero...

CARLOS. Si tu amor es verdadero
        accede á mis ruegos, ven.

CARMEN. Adónde?

SABINO. (Desde la ventana.) (Sonó el disparo.)

CARLOS. Á ser venturosa.

CARMEN.   No.

CARLOS. Mi padre me espera.

CARMEN.   Yo
        tambien tengo padre.

SABINO.   (Es claro.)

CARLOS. Te niegas?

CARMEN.   Sí, salga usté.

CARLOS. Adios!

CARMEN.   Adios! (Ay de mí!)

CARLOS. Saldré de esta casa, sí,
        y para siempre saldré.

CARLOS. Para siempre?

SABINO.   (Ahí duele.)

CARLOS.   Fiera!
        Perjura!

CARMEN.   Cárlos!

SABINO.   (¡Traidora!)
(Involuntaria y cómicamente.)

CARLOS. Adios!

CARMEN.   Ay, Cárlos!

SABINO.   (Ya llora.)

CARLOS. Déjame partir.

CARMEN.   Espera!

CARLOS. Cómo? Consientes, no es cierto?

CARMEN. Yo dejar mi casa?

CARLOS.   Ven;
        nos espera eterno bien.

CARMEN. Pero advierte...

CARLOS.   Nada advierto.
        Sábelo: mi padre tiene,
        si me alejo de tu lado,
        otro enlace proyectado.

CARMEN. Otro enlace?

SABINO.   (Que lo pene.)

CARMEN. Pues en tí cabe mudanza?
        Tú en brazos de otra mujer?

CARLOS. Pues qué me resta que hacer

cuando matas mi esperanza?
No te habló mi padre?

CARMEN.   Sí;
con paternal interés
vino á buscarme.

CARLOS.   Lo ves?

CARMEN. No dudo de él ni de tí.
De su ternura sin par
satisfecha mi alma queda:
nada temo, en fin, que pueda
mi casto amor empañar.
Pero alejar de ese modo
á mi padre...

CARLOS.   No lo creas:
cuando tú mi esposa seas
del mio lo espero todo;
toda la felicidad
que para tí necesito,
que si es tu padre un bendito
el mio es todo bondad.
Y cuando en tranquila vida
nuestro pecho de amor lleno,
halle su dicha en el seno
de una familia reunida,
será todo el afan mio
pasar la vida á tu lado
contemplándote extasiado,
rindiéndote mi albedrío:
y á tí unido, en tí creer,
y de tí el bien esperar,
y contigo suspirar,
y para tí apetecer.

CARMEN. No hables por tu vida así
á quien tanto de tí fía.
Ay, Cárlos del alma mia,
y cómo triunfas de mi!

CARLOS. Ven.

CARMEN.   Por Dios!

CARLOS.   Ya es demasiado:
mira bien cómo me dejas,
Cármen mia, que me alejas
para siempre de tu lado.

CARMEN. Cárlos!
CARLOS.   Ángel de bondad!
CARMEN. Déjame! Me vuelves loca!
CARLOS. Oiga yo un sí de tu boca
      de eterna felicidad.
CARMEN. No puedo... No estoy en mí!...
CARLOS. Una palabra de amor!
      Una sola!...
CARMEN.   , Por favor!...
CARLOS. Partirás?
CARMEN. (Con decision.) Sí, Cárlos, sí!
SABINO. Ah!... Zambomba!... Sudo... ah!...
      (Separándose de la ventana.)
CARLOS. Gracias, bien mio!
CARMEN.   (Perdon!)
CARLOS. Grabada en mi corazon
      tanta merced quedará.
      Sabino. (Llamándole á media voz.)
CARMEN.   Quién?
CARLOS.   Con los dos
      vendrá... Corro á prevenir...
      vuelvo... disponte á partir.
      Volveré muy pronto... adios.
      (Cárlos se marcha por el fondo. Sabino descuelga
      la vacía y entra en su casa.)
      Oh, Dios mio! Tu perdon!
      Tú que ves la pena mia,
      por mi pobre padre envía
      hasta mí tu bendicion.
      (Cármen entra en su casa y se sienta detrás de la
      ventana donde se la ve escribir sobre una mesita
      de pino. Momento de algazara y jaleo en casa de
      Lorenza. La señáa Juana recoge su puesto de ver-
      duras y se retira despues por la izquierda.)
COPLA.   (Dentro.) «Ya me quedé triste y solo;
      ya me abandonó mi niña;
      ya no tengo yo en el mundo
      quien consuele mis fatigas.»
      (Cárlos entra cautelosamente por el fondo y llega
      á casa de Sabino: éste cierra su tienda y ambos se
      dirigen á la habitacion de Cármen, mientras en
      casa de Lorenza sólo se deja oir en este momento

el acompasado punteo de la guitarra.)

SABINO. Se pasa el tiempo, salgamos. (Á media voz.)

CARMEN. Perdon, Dios mio!

CARLOS.   Mi bien!...
Vacilas?

CARMEN.   No puedo... (Dejándose conducir.)

CALLOS.   Ven.

SABINO. Vamos?...

CARMEN.   Padre mio!...

SABINO.   Vamos!...
(Desaparecen por el fondo. La señáa Juana llega
por la izquierda, y al oir las últimas palabras, los
sigue un momentc y vuelve sumamente agitada;
llega á la puerta de la habitacion de Lorenza y
exclama con sofocada voz.)

JUANA. ¡Miguela!... Se escapan... sí!
Se marchan... Miguela!...

MIG.   Qué!

JUANA. Se escapan!

MIG.   Qué dice usté?

JUANA. En un coche... por allí!...

MIG. Quién?

JUANA.   Cármen... con él!... Se van!

MIG. Mentira!... Cármen!...
(Entrando en la habitacion de Cármen y saliendo
desesperada.)
                                  Se ha ido!
Me ha burlado!... Me ha vendido!
Corra usté... Cerca estarán...
(La señáa Juana sale precipitadamente por el fon-
do. Antonio sale de la habitacion de Lorenza; van
apareciendo poco á poco todos los del baile.)

ESCENA XVII.

MIGUELA, ANTONIO, VECINOS.

ANT. Qué es esto?

MIG.   Nada... que yo .

ANT. Y mi hija?... Qué pasa aquí?
Cármen!... Cármen! (Entrando en su casa.)

MIG.   No está ahí.

ANT. Qué dices? (Volviendo.)
MIG.   Que ha huido.
ANT.   Oh!
Tú me engañas... no es verdad!
Que huye dices?... Con quién?
MIG. (Con temor.)   Con...
ANT. Calla!... Cármen!...
  (Sin dejarla hablar y entrando en la casa.)
      No está... Mira!
  (Volviendo á salir y dirigiéndose á Miguela, asién-
  dola de un brazo con mano convulsa.)
Una carta... sin mi estoy!
Es de ella... su letra es...
Qué es esto!... Válgame Dios!
  (Recorriendo la carta de una ojeada á la luz de
  un farol que habrá en la fachada de la casa de Sa-
  bino.)
«Perdon, padre mio! He cedido á los rue-
»gos del hombre á quien amo: fie usted en
»él, y no niegue su amor á su cariñosa
»hija...»
Huye de mí... me abandona!...
Qué maldad! Qué fea accion!
En su busca partiremos.
Venid todos.
TODOS.   Vamos.
ANT.   No:
hija ingrata... no he de verla!
Á su padre abandonó!
Me ha herido en el alma; me ha
destrozado el corazon!
  (Antonio cae desvanecido en los brazos de Migue-
  la, y acuden todos á socorrerle.)

FIN DEL ACTO RPIMERO.

ACTO SEGUNDO.

Jardin con verja en el fondo.—Fondo de campo.

ESCENA PRIMERA.

CÁRLOS, SABINO.

SABINO. Señorito! (Llegando por el fondo.)
CARLOS.   Qué hay de nuevo?
SABINO. De nuevo? No hay ya bastante?
  Nos hemos metido en una...
  y no es que yo me acobarde,
  yo siempre tengo recursos;
  mas lo que es en este instante...
  En qué ocasion se le ocurre
  traer á su señor padre
  á esos amigotes: ¡toma!
  y todos son personajes.
CARLOS. En la estacion de verano
  suele mi padre invitarles;
  pasan el dia en la quinta,
  mas se van al caer la tarde.
SABINO. Y usted por qué no me dijo?...
CARLOS. No creí que hoy...
SABINO.   Vaya un lance!
  ya lo han visto y oido todo,

y aunque por prudencia callen,
como ya han adivinado
que aquí sucede algo grave,
sin aclararlo, no hay ya
quien de la quinta los saque.
El papá está que echa bombas;
para el tonto que le hable.
Él quiere que la muchacha
salga de aquí á todo trance;
si se obstina...

CARLOS.   Oh, no saldrá!
SABINO.   Bien; pero yo por mi parte
no me atrevo á resistirle.
Tiene un genio... y un empaque...
al fin militar antiguo.
Al verme monta en coraje,
y temo que me sacuda
aún entre cuero y carne.

CARLOS.   Yo le hablaré.
SABINO.   Es lo mejor;
puede ser que usted le pare.
Lo que es yo, no siendo ya
mi presencia indispensable,
sin que lo sienta la tierra
voy á tomar el portante.
No faltaba más! Usted
no puede ya abandonarme;
usted se ha comprometido
conmigo.
          Ya no hay escape.
Ay de usted si me abandona!
Voy á buscar á mi padre.

ESCENA II.

SABINO, despues D. FERNANDO.

SABINO.   Pues señor, he errado el golpe.
Mal haya amen mi carácter
y mi... ese coronel
es hombre atroz; tiene arranques
terribles, y en uno de ellos...

si yo pudiera escaparme...
probemos.—Ay!.. Me he lucido,
él es: la Vírgen me ampare!

FERN.   Qué hace usté aquí?

SABINO.   Yo... señor...
estaba... ya usía sabe...

FERN.   Calle usted!

SABINO.   Si usía...

FERN.   No
se me ponga usted delante.
Salga usted de aquí!

SABINO.   Sin ella?

FERN.   Con ella.

SABINO.   Es que ella...

FERN.   Calle!
Yo no quiero saber nada!
Ó vuelve usted á llevarse
á esa muchacha, ó por Dios!...
Señor, eso no es tan fácil:
ella no quiere salir.
Avise usted á su padre.
Es que el señorito Cárlos
me ha prohibido avisarle.

FERN.   Yo mando que vaya usted
y vuelva esta misma tarde.

SABINO. Muy bien.

FERN.   (Amenazándole.) Y si usted no vuelve...

SABINO. Muy bien, volveré al instante. (Marchándose.)

FERN.   Venga usté aquí.

SABINO. (Volviendo muy diligente.) Mande usía.

FERN.   (Pobre niña!... Pobre padre!)
Cómo se llama ese hombre?

SABINO. Se llama Antonio Gonzalez.

FERN.   Pues dígale usted que venga.

SABINO. Muy bien.

FERN.   Que quiero yo hablarle.

SABINO. Muy bien. (Yendo y viniendo.)

FERN.   Tal vez se halle un medio...

SABINO. Muy bien. (Lo mismo,)

FERN.   El asunto es grave.

SABINO. Muy bien.

FERN.   Quiere usted callar?

SABIBO. Muy bien. (Quedándose inmóvil.)
FERN.   Mejor saltimbanquis!—
Qué hace usté aquí?
                    Allá voy!
Ustedes los militares
tienen un genio tan...
                    Listo!
Muy bien, lo que usía mande.

ESCENA III.

D. FÉRNANDO, despues CÁRLOS.

Me han puesto en buen compromiso
ese par de bolarates:
porque han sido ellos, sí;
sólo ellos los culpables.
Ella... esa pobre muchacha
me inspira un interés...
CARLOS.   Padre...
FERN.   Á qué viene usted?
CARLOS.   Señor,
vengo...
         Viene usted en balde.
Estará usted ya contento?
Ya ha logrado usted mofarse
de un hombre honrado, no es eso?
CARLOS. Yo...
FERN.   Es usted un infame.
Usté abusó del candor,
de la sencillez de un ángel.
Usté ofendió á un padre anciano
con torpe y villano ultraje;—
no replique usted!—Y ahora
quién es aquí el responsable?
Á mí será á quien acusen,
á mí será á quien reclamen,
y yo soy honrado, y yo
no autorizo infamias tales.
CARLOS. No cabe en mí pensamiento
que el nombre de usted rebaje.
He delinquido... es verdad:

pero temí... usted lo sabe;
usted, ignorando que es
mi vida el amor de Cármen,
iba á separarnos, sí;
proyectaba usté un viaje.
No seguirle á usté, imposible!
Huir de ella era matarme;
qué, debí hacer?
         Hijo humilde
pedir consejo á su padre, ·
sin comprometer su casa
con locura semejante.
Y hoy que está llena de amigos:
en buena ocasion les plaoe
visitar mi posesion.
Será fuerza que hoy les falte...·
usted cumplirá por mí.

CARLOS.   Yo...

FERN.   Ellos vienen á honrarme.
Hónrese usted yendo allí,
y cumpla usted por su padré.

CARLOS.   Imposible.

FERN.   Yo lo mando.

CARLOS.   Obedeceré. Pero ántes
prométame usted que ella
no saldrá de aquí.
         Al instante
saldrá.

CARLOS.   Oh, no, padre mio!
la bondad de usted la ampare.
Yo la engañé; yo la dije
que bendiciendo mi enlace
usted la llamaba; yo
soy el único culpable;
yo, que perderla temí,
al lado de usted la traje,
porque usted la dé su amparo,
porque su espóso me llame.

FERN.   Hoy saldrá de aquí.

CARLOS.   Por Dios...

FERN.   Yo lo mando y esto baste.

ESCENA IV.

CÁRLOS, despues SABINO.

CARLOS. Desoye mi ruego: nada
le vence... qué hacer en fin?
Sí no le vence mi súplica,
á qué medio he de acudir?

SABINO. Ay, señorito!

CARLOS.   Qué ocurre?

SABINO. Nada, que ya están ahí.

CARLOS. Quién?

SABINO.   Miguela con el padre.

CARLOS. Cómo?... Quién les fué á decir?...

SABINO. Usted mismo al dar las señas
al cochero; estaba allí
la señáa Juana, y por ella
han logrado descubrir...
Oh, no entrarán!
             Sí señor:
entrarán, ahí está el quid.
Su padre de usted lo manda.
Como que ahora iba yo á ir
á buscarlos, cuando cata
que al pasar por Chamberí,
me los encontré á la puerta
de un tosco chiribitil.
Quise hacer la vista gorda,
cuando siento que... chis! chis!
y era Miguela... Miguela...
que con aire varonil,
terciándose así el pañuelo,
y esta mano puesta aquí, (En jarras.)
me dijo:—«Aquí estamos tóos;
hágame usté el gusto de ir
á llevar el chisme.»—Yo
me quedé sin voz y sin...
el padre me amenazaba,
y se venía hácia mí...
y eché á correr... y ahí están;
me han seguido hasta el jardin.

Carlos.	Han entrado?
Sabino.	Sí señor.
Carlos.	Y lo dice usted así?
	Si no se van tiemble usted!
Sabino.	Caracoles! Soy feliz!
	Conque es decir...
Carlos.	Vea usted
	lo que hace.
Sabino.	Pero si...
Carlos.	No le pierdo á usted de vista.
Sabino.	Señorito, por san Gil!...
Carlos.	Ó usted los despide, ó
	va usté á acordarse de mí.

ESCENA V.

SABINO, despues MIGUELA.

Me está muy bien empleado.
Me alegro; soy un mastin!
Por meterme á redentor
me crucifican á mí.
Me dan un golpe. Seguro!—
Lo mejor será escurrir
el bulto. Voy... (Al salir tropieza con Miguela.
            Cataplum!

Mig.	Ya me tiene usted aquí.
Sabino.	Y por qué se ha molestado
	usted? Mil gracias... y mil...
Mig.	Poquita conversacion
	y al asunto sin mentir.
	En dónde está Cármen? Vamos,
	sin papelería y sin...

Soy desdichado, Miguela;
Miguela, soy infeliz!
Las apariencias me acusan,
no lo niego, porque al fin
fuí cómplice... pero tengo
una horrible cicatriz
en el alma, sí señora.
Míreme usted de perfil;
míreme usted frente á frente,

y dígame usted si en mí
no se adivina que siempre
caminé por el carril
de la virtud... y la... la...

MIG.   Le veo á usted de venir.

SABINO.   De venir?... Por Dios, Miguela,
qué terminillo tan ruin:
mida usted más sus palabras;
esos términos aquí
no se usan.

MIG.   Y á mí qué?
Me va usté ahora á mí á midir
las palabras?

SABINO.   Sí señora.
Siento que hable usted así,
con esa cara de cielo...
y ese talle tan gentil...
y esos ojos.. y esa sal...
Ya lo güelo que es anís!
Vamos, ménos cercunloquios,
y dígame usted, en fin,
en dónde está Cármen.

SABINO.   Yo?
Y que el señorito... zís!
me dé un golpe?

MIG.   Pues yo iré.

SABINO.   No por Dios!

MIG.   Dónde está! (Alzando la voz.)

SABINO.   Chist!...

MIG.   No haga usté esos aspamientos.

SABINO.   No sea usted tan cerril:
perdone usted la franqueza.

MIG.   Dónde está?

SABINO.   Silencio?... Allí.

(Señalando ú la parte opuesta á donde se halla la
casa.)

El señorito don Cárlos,
con noble y honrado fin,
para obligar á su padre
la trajo conmigo aquí:
mas es lo grave del caso,
que el papá da hoy un festin

á sus amigos; y huyendo
de la malicia sutil
de las gentes, por ahora
se encuentra instalada ahí...
en un pabellon aislado,
y entre oculto en el jardin.

MIG.   Vaya usté á llamarla.

SABINO.   Bien.
Mas la debo á usté advertir
que si á llevársela viene
invente usté algun ardid.

MIG.   Quién ha de oponerse?

SABINO.   Ella:
qué! Si vale un Potosí:
tiene mas talento, y más
corazon... qué ha de salir!
No la arranca de esta casa
toda la Guardia Civil.

MIG.   Bien está; yo veré...

SABINO.   Bueno;
en usted confían mis
espaldas; me han prometido
si no la saco de aquí
una tunda, y otra tunda
si la saco; pero en fin,
más temo al padre que al hijo:
si el hijo quiere reñir,
que me busque; porque ya
se me atufa la nariz...
y si se empeña... habrá lance!
y... en guardia! Yo sé esgrimir
(Con la accion de esgrimir.)
las armas... Mírela usted;
(Viendo llegar á Cármen.)
la ha visto á usted de venir...
y sale... háblela usté al alma;
duro en ella!...—Querubin!
(Al salir enviando un beso á Cármen.)

ESCENA VI.

CÁRMEN, MIGUELA.

Tengo la sastifacion.
(Poniéndose en jarras delante de Cármen.)

CARMEN. Tú aquí?

MIG.   Con la cara: á verte
he venido, para hacerte
una manifestacion.

CARMEN. Miguela!...

MIG.   Y si en eyo falto...

CARMEN. Calla, por Dios!

MIG.   Yo cayar?
Cabales; yo puedo hablar
muy alto, Cármen, muy alto.

CARMEN. Qué vas á hacer? Por favor,
no grites!

MIG.   Me echas de aquí?
Pa más pedrominio, dí
que venga á echarme el señor.

CARMEN. Tengo miedo!

MIG.   Ya se ve!
no puedes gritar? Yo puedo.

CARMEN. Miguela!...

MIG.   Me tienes miedo?
Habrás hecho algun porqué.
Pero yo?... ni la señal!
Yo no temo á nadie... no!
Yo hablo gordo... porque yo
soy una mujer candeal.
Y nunca ofendí á mi padre;
tengo una madre, y la cuido,
estamos? y nunca olvido
el cariño de mi madre.
Por eso siempre viví
con honra, con alegría,
y con la gran fantesía
de yevar mi cara... así!

CARMEN. Calla!

MIG.   Despues de tu acion

eres tú quien me lo manda?
Pues dí que es lo grande.

CARMEN.   Anda,
que tienes mal corazon!

MIG.   Yo!

CARMEN.   Bien puede una mujer
por la pasion ofuscada
y de sí misma olvidada
una falta cometer.
Débil fuí en demasía;
mas si el mundo hoy me condena,
baste à absolverme la pena
que destroza el alma mia.
Por qué insultas mi tormento
insensible á mi dolor?
Á mí me abona mi amor,
mi hondo y puro sentimiento;
pero á tí que te complaces
en mi mal con saña impía,
quién perdonarte podría
todo el daño que me haces?

MIG.   Yo?...

CARMEN.   No en mi dolor te goces.

MIG.   Pues no estás viendo mi pena?

CARMEN. Ah, sí, que tú eres muy buena!

MIG.   Cármen, ya no me conoces?
Pues podría yo con calma...
yo... cuando te quiero... ven!
No ves que yoro tambien?

CARMEN. Miguela!

MIG.   Cármen de mi alma!—(Abrazándola.)
Vamos, no llores, mujer,
sin pensarlo te ofendí;
qué quieres, yo soy así,
no me puedo contener.
conque... al avío; si quieres
nos iremos juntas.

CARMEN.   Yo?...

MIG.   Tu padre me espera.

CARMEN.   No.

MIG.   Te esperamos.

CARMEN.   No me esperes.

Triste y sola quedo aquí:
quedándome honrada quedo;
ya de esta casa no puedo,
no debo salir así.
De mi padre me alejó
irresistible poder;
si ofenderle pude ayer,
no he de deshonrarle, no.
Así ganaré el perdon
de mi padre; porque al cabo
volveré sin menoscabo
ninguno de mi opinion.
Pues ya voy yo por tu idea;
no se me había á mi ocurrido
que ese hombre aún no es tu marido
y ya es fuerza que lo sea.
Y te han de casar, que sí;
ú si me tercio el pañuelo
á álguien le va á arder el pelo
de los que estamos aquí.
Y di tú que es la chipé:
tu padre viene conmigo...
pero yo haré... yo me obligo...
anda, yo te ayudaré.
Tu padre viene... (Mirando al fondo.)
                    Dios mio!
No le veas, que no es este
el momento anda, veste,
que aquí estoy yo.
                  En tí confío.

ESCENA VII.

MIGUELA, ANTONIO.

MIG.   Por aquí, señor Antonio!
          Venga usté! (Gritando desde el fondo.)
ANT.   No metas bulla;
          no grites, mujer, que al cabo
          no está eso bien visto nunca,
          y estamos en casa ajena.
MIG.   Diga usté que esa es la pura.

ANT. Una cosa es que uno entre
 con su razon buena y justa,
 y otra que uno se propase...
 no es verdad?...

MIG   Pues quién lo duda?
 Pus si cabalitamente
 para guardar compostura
 y todo el comedimiento
 debido, soy yo la única.

ANT. Miá tú, si á mí me hubían hecho
 resistencia poca ú mucha
 pá entrar, puée que respondiera
 á la altivez con la furia.
 Mas cuando á uno le reciben
 por la güena, y no le insultan,
 y le dan güenas respuestas
 á uno cuando pregunta,
 y le dejan á uno entrar
 con libertad ausoluta,
 vamos, que le dejan á uno
 más achicao que una gruya.

MIG. Y que está usté en su terreno:
 y que no hay ya quien presuma
 con usté en lo de alternar
 con prudencia y con finura.
 Y aunque si se proporciona
 tambien tiée usté malas pulgas,
 tiene usté un pecho tambien
 donde un corazon se oculta
 más blando que la manteca,
 y más dulce que la azúcar:
 no es verda usté?

ANT.   ¡Picaruela!
 Qué bien me oservas y estudias!
 qué bien das en lo interior
 de la pena que me abruma!
 Cómo ha de ser!... Cuando uno
 se emberrenchina y ofusca!...—
 Al llegar frente á esta casa
 donde no debí entrar nunca,
 sentí hervir toda mi sangre
 y agitarse una por una

4

las fibras del corazon
con irresistible furia:
si alguno me sale entónces
y el paso me dificulta, \
dí tú que en un verbo y gracia
se arma allí la gran trifulca.
Recobré la calma, y esto
lo hizo mi buena fortuna:
que de repente creí
verla tras esa espesura;
me figuré oir su voz
que aún en mi oido retumba;
voz que decía:—«Á mi padre
no se le agravia ni insulta;
dad á mi padre ancho paso
que acongojado me busca,
y es suyo todo mi amor,
y toda mi vida es suya.»—
Estas serán si tú quieres
figuraciones ausurdas;
pero hijas son del deseo
que á toos nos yeva v nos burla:
quien tiene hambre con pan sueña;
sueña el preso con su fuga,
pues un corazon enfermo
qué ha é soñar sino en su cura!

MIG.   No se antusiasma usté poco!
          deje usté que el mundo se hunda.

ANT.   Tienes razon: pero ya
          que venimos en su busca,
          llámala tú... y cuando salga...

MIG.   Qué ha é salir!... Ni con garruchas!...
          Si no está aquí.

ANT.   Qué!

MIG.   No está.

ANT.   Te engañas.

MIG.   Estoy segura;
          me costa. Conque así... vámonos
          á otra parte con la música.

ANT.   No, yo entraré...

MIG   No por Dios!
          Aónde va usté, criatura?

pues si pa entrar en la casa
es menester Dios y ayuda;
si hay cáa lacayo que tira
de espaldas con la figura!
Como que hay gran reunion;
y toa es gente de alta alcurnia.

ANT.   Y ella no está?

MIG.   Qué ha de estar!
Á qué santo?... Pues menuda
es la trinca; si hay en eya
cáa duque que ni el Dosuna.

ANT.   Pues entónces... (Con ansiedad.)

MIG.   Venga usté,
que vamos en derechura
á dar con eya.

ANT.   Tú sabes... (Esperanzado.)

MIG.   Ya sé yo donde se oculta.

ANT.   Pues vamos allá...
(Vacila y busca apoyo en un banco.)
            Qué es esto?

MIG.   Qué ha é ser? Que está usté en ayunas.
Debe usté tomar siquiera
un piscolabis... Ahupa!
(Prestándole apoyo.)
Venga usté conmigo ..

ANT.   Vamos.

MIG.   Si una de usté no se cúdia...

ANT.   Pues anda.

ESCENA VIII.

MIGUELA, ANTONIO, SABINO.

SABINO.   (El padre!... Se armó!)

ANT.   Tambien está aquí este trucha?...

SABINO.   Yo... (Huyendo.)

ANT.   Déjame; por qué huye?
(Contenido por Miguela.)

MIG.   Eh! Déjele usté que huya.

ANT.   Dí á esa gente que por mí
no tenga zozobra alguna:
que ya me voy... me tié miedo?
Yo no... (Este hombre me asusta.)

Ant.	Nos veremos!
Mig.	Ande usté! (Tirando de Antonio.)
Ant.	Las vas á pagar toas juntas!
Mig.	Vámonos ya.
Ant.	Donde quieras.
	Tunante!...
Mig.	Vamos.
Ant.	Granuja!...

ESCENA IX.

SABINO, despues D. FERNANDO.

Pues señor, no sufro más;
no sufro más, no señor.
Fuerza es tomar ahora mismo
una determinacion.
Quiero hablar al coronel;
(D. Fernando aparece por la izquierda.)
y le hablaré... no que no!
Pues bonito génio tengo!
Y si me alza la voz...
voto á!...

Fern.   Me buscaba usted?
Sabino. (Energía!) Si señor.
Fern. Sepamos.
Sabino.   Míreme usía
con calma, con detencion;
nada de amenazas, nada
de disgustos, por favor,
y hablémonos, como se hablan
las gentes de educacion.
Fern. (Ente más raro!) Y sepamos:
quién es usted?
                    Quién soy yo?
Yo soy Sabino Martin,
cirujano comadron,
es decir: no ejerzo aún,
más dentro de un año ó dos...
Estudié en la Escuela Pía
con bastante aplicacion,
ganando mi subsistencia

bajo el amparo de Dios,
vendiendo fósforos finos,
plumas y papel de Alcoy.
He sido despues mancebo
de la honrosa profesion
que hoy ejerzo, y con estudio,
y con fuerza superior
de voluntad, ya ve usía
que soy un hombre de pró,
y que me hallo establecido...

FERN Acabemos.

SABINO. (Inclinándose.) Servidor.

FERN. ¿Qué papel hace usté aquí?

SABINO. El papel de... qué se yo!
Yo he venido porque al cabo
es muy noble mi intencion.
Su hijo de usted es sensible;
la chica le enamoró...
ella dió en corresponder,
y ya ve usía, el amor...
cuando hay obstáculos... crece;
y cuando están así dos
amantes, no se les debe
abandonar... no señor;
una pasion comprimida,
ya ve usía... es cosa atroz!
Por eso velé por ellos;
tal era mi obligacion,
y ahí los tiene usía: ahora
lavo mis manos, y adios.
Ya le he dicho á usted que quiero
tener una explicacion
con el padre.
   Ya ha venido.
Es fuerza que hoy mismo, hoy,
se lleve á su hija.

SABINO   Ella...
ella es un ángel de Dios.
Ah! Mire usía; ella viene.
Háblela usía... me voy:
mas si usía necesita
de mi, en dándome una voz...

(Va á conquistarle. Daré
aviso á la reunion.)

ESCENA X.

CÁRMEN, D. FERNANDO.

FERN.   (Desventurada!)—Hija mia,
   no se aflija usted así.
CARMEN. Mi amparo en usted veía;
   y ahora... yo no creí
   que usted me abandonaría.
FERN.   Mi deber lo exige, y voy
   á cumplir con mi deber.
CARMEN. Si ayer falté al mio, hoy
   no olvide usté por quién soy
   más desdichada que ayer.
FERN.   Mi hijo...
CARMEN.   Su amor le disculpa,
   por que Cárlos es leal:
   suplicó... cedí... hice mal.
   Vea usted cuál fué su culpa,
   y cuál fué la mia... cuál!
   Ah señor, no puede haber
   pena que á la mia iguale!
FERN.   No es tanta.
CARMEN.   Pues no ha de ser!
FERN.   No veo...
   Tan poco vale
   la honra de una mujer?
   Por Cárlos la mia dí:
   ya no he de verle en mi vida;
   mas su amor vivirá en mí
   con la memoria querida
   de la madre que perdí!
   Yo...
CARMEN.   Bien veo que mi amor
   acoge usted con desden
   insensible á mi dolor;
   y aunque tarde, yo tambien
   reconozco ya mi error.

   Mas culpa que amor abona

entre crueles sonrojos,
quién no la olvida y perdona?
Á dónde volver los ojos,
señor, si usted me abandona?

ESCENA XI.

CÁRMEN, D. FERNANDO, MIGUELA, CÁRLOS, SABINO,
acompañamiento.

MIG.   Ah, Cármen!... Señora..
FERN.   Qué pasa?
CARLOS. Qué es esto? (Saliendo por la izquierda.)
CÁRMEN.   Qué ha sucedido?
MIG.   Tu padre me ha despedido
para volver á esta casa.
Un sorbo apenas bebió
por mí... fué mia la idea;
nunca á costumbre tan fea
tu buen padre se entregó:
el estado en que le hallé,
la pena que le devora...
verte desea, y ahora
cómo calmarle no sé.
Con gesto amenazador
mi súplica ha rechazado:
viene, el juicio trastornado,
en busca de usté, señor.
CÁRMEN. Tiemblo.
CARLOS.   Tu escudo he de ser.
SABINO. (Buena se va á armar!)
(Llegando ahora seguido del acompañamiento.)
(Á Cármen.)   No llores.
(Aquí vienen los señores;
ahora veremos...)
                        (Qué hacer!)
Señores... (Acudiendo á sus convidados.)
SABINO.   (Que eche ahora fieros:
se armó la de Dios es Cristo.)
FERN.   Un accidente imprevisto...
ANT.   Buenas tardes, caballeros.
(Presentándose en el fondo con ligeros indicios de

embriaguez y marcados trastornos de amargura.
Cárlos y Miguela se hallan en el extremo de la
derecha, acudiendo á Cármen, cuya figura queda
entreoculta por ellos. D. Fernando y Sabino se
hallan en el lado opuesto. Los convidados se ex-
tienden por la escena.)

Mig. Cármen!

Carlos. Silencio!

Carmen. Dios mio!

Ant. Aquí estoy yo... un hombre honrao;
y tan bueno pa un fregao
soy yo, como pa un barrío.
(Avanza y tropieza con uno del acompañamiento.)
Falto yo á álguien? No lo creo;
porque yo soy incapaz...

Convs. Quién es? (Entre sí.)

Ant. (Remedándolos.) Quién es?... gente é paz!
Basta ya de cuchicheo.
No parece sino que
han visto una cosa rara;
yo vengo aquí... con la cara...
y con la misma chipé.
Y no me achica el resueyo
ni el mismo que lo inventó;
digo, porque tengo yo
facultades para eyo.
(Gesticulando y haciendo guiños significativos á
cada frase.)
Y entiéndalo... el que lo entienda,
y tómelo... el que lo tome,
y el que se pica... ajos come,
y el que no sepa... que aprenda.
(Encarándose con D. Fernando.
(Niña infeliz!)
(Contenido á la presencia de Cármen y de Cárlos.)
Hola... amigo;
es usté el amo é la casa?
Suplico á usted... (Desviándole.)
Ay, qué guasa!
La va usté á tomar conmigo?
Yo aquí estoy tragando quina,
y va usté á hacerme un favor.

(Intenta coger del brazo á D. Fernando; éste le rechaza.)

Ave—María, señor,
pueš ni que fuá usté de china!
Yo vengo aquí... sin faltar;
y vengo aquí... porque yo
soy carpintero... y sinó
que lo diga aquel cantar:
   «Eres carpinterito
   de obras de afuera,
   mira no te la pegue
   la carpintera.»
Pues á mí me la pegó!
Tiée usté algo que decir de eya?
(Encarándose de pronto con uno.)
Pues mútis... que aquí se seya
el lábio... y sanseacabó!
(Con los dedos en los lábios.)

CARLOS.   Por Dios! (Conteniendo á Cármen.)

ANT.   Conmigo no hay quien!
(Encarándose con otros.)
Porque siempre me sostengo
en la firme... y porque vengo...
como sé yo.

SABINO.   (Y yo tambien.)
(Haciendo ademan de beber.)

ANT.   Yo no vengo aquí á faltar,
ni á robar á nadie... pues!
Hombre, si fuera al revés,
ya sería otro cantar. (Movimiento general.)
Y no hay que hacer contorsiones;
á mí me han robado... á mí!
y el ladron se encuentra aqui...
y abreviemos de razones.
Sepan todos la verdad.
Me han perdido... me han robado
mi hija... me han infamado...

CARMEN. Padre!...

CARLOS.   Silencio!

ANT.   Mirad!
Yo soy el padre ofendido:
y el ladron...

CARLOS y MIG.   Cármen!
  (Acudiendo á Cármen, que cae desvanecida.)
ANT.   (Dejándose caer en una silla sobrescitado.)
                        Ladrones...
FERN.   Pido á ustedes mil perdones.
  (Conduciendo á los convidados por la derecha, de-
  trás de Cárlos y Miguela, los que desaparecen un
  momento cuidando de Cármen.)
ANT.   (Reponiéndose poco á poco.)
           Qué pasa?.... Qué ha sucedido?...
           Se van... Temen que yo hable...

ESCENA XII.

D. FERNANDO, ANTONIO.

FERN.   Qué ha hecho usted?
ANT.   Eh?... Qué he hecho yo?
FERN.   Usted no es buen padre... no!
ANT.   Yo...
  (Incorporándose y volviendo á caer en su asiento.)
           Es usté un miserable!
           Usted me ha insultado... á mí!
ANT.   Yo?... pues qué?... Pues yo qué he hecho?
           Yo vengo...
FERN.   Con qué derecho
           se atreve usté á entrar aquí?
ANT.   Con qué derecho?... Pues hombre
           me gusta!... Con el mayor!
           Mi hija... mi hija, señor!
FERN.   No profane usté ese nombre.
           Esa niña desdichada,
           presa de dolor profundo,
           hoy se ve sola en el mundo,
           perseguida y maltratada.
           Tierna, dócil, cariñosa,
           bella, discreta, apacible,
           cómo no amar es posible
           criatura tan preciosa?
           Yo la doy desde este instante
           brindándola el bien sin tasa,
           habitacion en mi casa,

y un sitio en mi pecho amante.

Ant. Falté!... Tiene usté razon:
falta grande... enhorabuena;
pero es más grande la pena
que siento en el corazon!
Mas si hay remedio á lo hecho
á ponerle sin tardar,
siquiera por el pesar
que me despedaza el pecho!
Porque no hay nada que aflija
como el dolor conque vengo!
Porque en el mundo no tengo
más amor que el de mi hija!
Su hija de usted vivirá
feliz desde hoy á mi lado:
el paso que usted ha dado
la separa de usted ya.
Señor!...
　　　　Usted me insultó;
usté ha procedido mal!
Busca usté una hija... á cuál?
Padre de Cármen soy yo.
Yo creí... ella es mi vida!...
y por eso... ea, falté!
Dice usté que ella...
　　　　　　Sí á fe;
es mi hija... mi hija querida!

Ant. Su felicidad primero:
sea usted su padre... si!
Si la quiere usted así...
Con toda el alma la quiero.
Ah, gracias, gracias, señor!
Eso mi júbilo aumenta;
verla feliz y contenta...
pá mí no hay dicha mayor.—
(Sacando el pañuelo y enjugándose los ojos y alejándose y volviendo.)
Ella... ampara mi vejez:
si algo obligan estas canas...
de hoy más... todas las semanas
yo vendré á verla una vez,
verdad?... Soy padre... por eso,

de buena gana vendría
á buscar dia por dia
sólo una caricia... un beso!
Vuélvame al ménos la calma
un adios de despedida!

CARMEN. Padre! Padre de mi vida!
(Llegando á tiempo conveniente por la derecha
y arrojándose en brazos de Antonio.)

ANT. Hija mia de mi alma! (Quedan abrazados.)

ESCENA ÚLTIMA.

CÁRMEN, MIGUELA, D. FERNANDO, ANTONIO, CÁRLOS,
SABINO. Acompañamiento.

ANT. (Procurando por todos medios serenar á Cármen.)
Vamos... bien... basta... no llores,
que ya todo se acabó.
Quédate en paz... porque yo...
me voy... porque... estos señores...
quiero decir... el señor,
que te quiere tanto... ó más...
es decir... eso... jamás!...
Pero en fin... te tiene amor...
No es verdad?... Tu padre es;
quiérele tú... más que á mí...
¡Como yo te quiero á tí! (Con espansion.)

FERN (Qué alma tan bella!)

ANT. (Alejándose.) Adios, pues.

FERN. Pobre viejo... ven acá!
(Tendiéndole los brazos.)

ANT. Qué hace usted?

FERN. Voto á mi nombre!
Tender mis brazos á un hombre,
y llamarle hermano.
Ah!
(Precipitándose en brazos de D. Fernando.)

FERN. Presento á ustedes la esposa
de mi hijo Cárlos.

CARLOS. Oh, gozo!

ANT. Señor... me ahoga el alborozo!

CARMEN. Quién más que yo venturosa!

MIG.   Pué usté tener vanidad, (Á Sabino.)
       que usté es el que lo ha hecho tóo.
SABINO. Donde pongo mano yo
       nace la felicidad.
ANT.   (Á Cármen.) Premiando la fé santa
           de tus amores,
         con paternal cariño
           el tuyo acoge.
           Quiérele mucho;
         pero á mí no me dejes
           solo en el mundo.
     (Dirigiéndose á todos.)
         Yo que por ella vivo,
           que la amo tanto,
         de su bien codicioso
           de ella me aparto.
           Sólo por eso,
         un aplauso, señores.
           AL JORNALERO.

FIN DE LA COMEDIA.

9 783368 050689